이—별이라고 말하는 너에게

이-별이라고
말하는
너에게

곰지
찍고. 쓰다.

아직도
나는
네가
아프다

알에이치코리아

contents

★
마음에 스미다 ▬▬▬▬▬▬ 12

밤이 깊어지자 달이 떴다.

그리고 네가 내게 왔다.

천천히 차올랐다가 기울어지는 달처럼,

처음 사랑을 느낀 그날부터

너를 그리워한 모든 시간이 나에겐 사랑이었다.

마음에
스미다

황홀

공기 중에 흩어진 너의 말 속에서
은은한 향기가 났다.
그 향기는 오랫동안 곁에 머물며
시시때때로 나의 마음을 취하게 만들었다.

좋아하고 있다는 그 말,
그건 정말 황홀한 경험이었어.

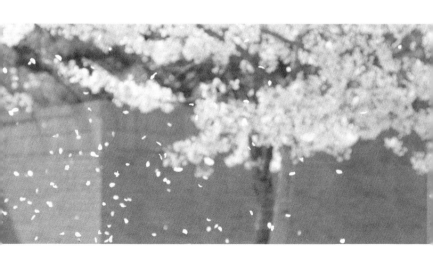

봄

봄, 난 너를 그렇게 불렀지.
네가 좋아하는 계절로.

봄, 여름, 가을, 그리고 겨울.
우리의 계절은 어디쯤 있을까?
이왕이면 따뜻한 봄이었으면.

커지는 욕심

떠올리면 연락하고 싶고,
연락하면 보고 싶어지고,
막상 보고 나면 헤어질 시간이 아쉬워지고.

자꾸 생각나고 연락하고 싶은 사람이 있다는
내 말에 누군가 말했어.
사랑하고 있구나?라고.

너를 말이야.

해석

나는 너를 해석하려 한다.
너의 말투와 표정, 몸짓 모든 것에
어떤 뜻과 의미가 있는지를.
내게 해석된 너는 마음속 깊숙이 스며들어
온전하게 나의 존재로 자리 잡는다.

아마도 나는 너를 좋아하는 것 같다.
네가 뱉어낸 말을
내가 받아들이고 싶은 의미로
해석하는 걸 보니.

확실하게 해줘요

나는 당신과의 미지근한 관계가 싫다.

차갑게 돌아서거나
따뜻하게 안아주거나
둘 중 하나였으면 좋겠다.

난 당신과의 애매모호한 거리가 싫다.

밀어내는 듯하면서
다시 당기는, 그 행동들을
이해할 수가 없다.

정말 마음이 있는 건지, 아닌 건지 알고 싶다.

익숙해지지 않는 것

경험할수록 익숙해져서 무덤덤해지는 것이 있는가 하면
미리 겁먹고 두려워지는 것도 있어.
사람 관계가 그런 것 같아.

당신이 마음의 문을 쉽게 열지 못하는 것은
예전의 상처가 반복될까 두렵기 때문이죠.

마음에 스미다

딱 한 번 스며들었을 뿐인데
그때부터 걷잡을 수 없이 마음에 번져버린 너는,
내가 늘 그리는 사람이 되었다.

'난 당신이 꿈이 아니길 바라요.'

영화

나의 로맨스 영화 속 주인공이 되어줄래?

그럼 이 영화의 결말은 해피엔딩이야.

한 번쯤은

너의 연락을 기다렸을 나를
한 번쯤 생각해줬으면 좋겠다.
기다리는 동안 내가 느꼈던 복잡미묘한 이 감정을
네가 다 알 수는 없겠지만.

사실 너도 알고 있을 거야,
내가 느끼는 이 답답하고 초조한 마음을.
너도 누군가에게 느껴봤을 테니까.
나의 소중한 감정이 소모되지 않을 수 있게
차라리 선을 그어줬으면 좋겠어.
그러면 멈출 수 있을 것 같아.

깊은 밤,

내 방 안에는 어둠과 함께

너의 생각으로 가득 차 있어.

보
고

싶
다
는

말

그 남자_

마음속으로 네가 좋다는 말과 보고 싶다는 말을

얼마나 많이 했는지 모르겠다.

입 밖으로 내뱉지 않았을 뿐.

그 여자_

말로 표현하지 않은 마음속 말들은

상대에게 전해지지 않아.

그 말에 담긴 진심조차도.

보고 싶어, 좋아해, 네 생각이 나서 연락했어,

라고 내게 말해줬으면 좋겠어.

터
널

너는 가끔 내 물음에 바로 대답하지 않고,
낯설고 애매모호한 표정을 지었다.
그때마다 터널을 통과하는 것처럼,
너의 얼굴 위로 어두운 그늘이 지나갔다.

가늠되지 않는 너의 깊은 마음속,
얼마나 지나가야 너에게 닿을 수 있을까?

너의 마음속에 나의 빛이 닿기까지
오래 걸리지는 않을까?

네 마음속 터널의 길이가 짧았으면.

춤

좋아하나 보다.
언젠가부터 너를 볼 때면
마음이 춤을 추기 시작했다.

가끔은 빠르게,
가끔은 천천히,
두근거렸다.

평범한 사람들 속에서

너에게 특별한 존재가 되고 싶어.

그런 사람

"어떤 사람이 되고 싶어?"

같이 있으면 순간적인 설렘이 있는 사람보다는
편안함이 오래 지속되는 그런 사람.

하고 싶은 말

호감을 이어가기 위해서는 당신의 관심도 필요하거든요.
그 관심이 보이지 않을 때, 당신에 대한 뜨거웠던
나의 관심과 호감도 천천히 식어가요.
그리고 무덤덤해진 나를 발견해요.

'혼자서는 관계를 지속할 수 없어.
상호작용이 없는 관계는
결국 한 사람을 지치게 만들거든.'

당신의 시선으로

당신이 되어 나를 한번 바라보고 싶다.
어떤 눈빛으로 나를 바라보고 있는지,
그 순간의 감정은 어떤 색인지 알고 싶다.
그것을 알게 된다면 당신을 볼 때마다 한없이 뛰는
이 마음을 유지할지 멈출지 결정할 수 있을 테니까.

너는 내게

다가오는 것 자체가 선물인 사람,

너는 그런 존재다.

기
적

같은

일

오후에는 비가 왔고 창문으로 불어 들어오는 바람은 선선했다. 이제 정말 가을이 오는 것 같아 연애가 하고 싶어졌다.

서로의 온기가 느껴지도록 손을 꼭 잡고 다채로운 색감의 단풍나무 길을 걷고, 배가 고파지면 단골집에 가서 네가 좋아하는 음식을 나눠 먹고 싶다. 후식으로 따뜻한 커피와 조각 케이크를 먹는 모습을 너의 옆에서, 앞에서, 계속 바라보고 싶다. 해가 저물 때는 잠시 걸음을 멈추고 노을 지는 하늘을 함께 보며, 너를 뒤에서 안고 바람결에 퍼지는 너의 향기에 취하고 싶다.

바래다주는 길에 이어폰을 나눠 끼고 박지윤의 '기적'을 반복해서 들으며 그 순간에 느껴지는 모든 것에 집중하고 싶다. 너의 집 앞에 도착하면 너의 입술에 입을 맞추고 있는 힘껏 안아준 후에 들어가는 뒷모습을 바라보고 싶다.

너에게 필요한 사람

외로움을 느끼게 하지 않고,
언제나 사랑받고 있다는 것을
마음으로 느끼게 해주는 사람.

시시때때로 찾아오는 불안한 마음을 떠나보낼 수 있도록,
나의 사소한 말에도 귀를 기울여주고
괜찮다며 다독여주는 사람.

하고자 하는 일은 응원해주고
옆에서 함께 걸어주는 사람.

그런 사람이 너에겐 필요해.

문자 메시지

좋아하는 사람이 보고 싶을 때
이렇게 메시지를 보내봐요.

'바람도 좋으니 우리 만날까.'

분명 그 사람은
당신이 귀엽다는 듯 웃으며

'좋아'라고
대답할 테니까요.

혹시라는 생각

내가 좋아하니까 너도 좋아하겠지,
라는 생각은 이기적인 거야.

내가 당신에게 사랑을 주는 것은 자유지만
다시 그 사랑을 돌려받는 것은
당신의 선택에 있네요.

사랑이 어려운 이유

나를 좋아하는 사람과 내가 좋아하는 사람,
나의 선택은 늘 후자였던 것 같아.
전자의 경우에는 아무리 노력해도 마음이 생기지 않더라고.
그래서 나의 사랑이 늘 어려운 걸지도 모르겠어.
내가 좋아하는 사람이 나처럼 후자를 선택하는 사람이라면
노력만으로 되는 일은 아닐 테니까.

그때의 감정

나를 좋아한다는 너의 말을 믿을 수가 없었다.
좋아한다는 감정은 변하기 마련이며,
나의 단편적인 모습만을 보고 판단한
말일 수도 있기 때문이었다.

너를 생각하는 밤

잠들지 못하는, 밤늦은 이 시간에
네가 날 생각해주길 바라고 있어.
헛된 기대인 줄 알면서도.

긴
기
다
림

오지 않는 연락을 기다리는 것은 즐겁지 않다.
기다리는 동안 마음은 끊임없이 질문을 만들어낸다.

왜 답장이 없는 걸까?
마음이 없는 걸까?
바쁜가?
일부러 확인하지 않는 걸까?
메시지를 하나 더 보내볼까? 등등….

몇 시간 후 답장을 받게 되면
지금 안고 있는 온갖 불안들은 사라질 테지만,

이 일방적인 관계를 끊어내지 않으면
결국 불안과 편안함이 지금처럼 반복될 걸 알면서도
관계의 끈을 내려놓지 못한다.

마음을 움직이다

감동을 주고받는 방법은 여러 가지잖아.
그러고 보면 넌 참 다채롭게
감동을 주는 사람이야.

그 밤, 낭만이었다

아쉬움은 항상 기대감을 남긴다.
다시 만날 그날에 대한 기대감.

함께 걷던 길, 서울의 밤, 음식들.
이 모든 것이 당신이어서
낭만과 설렘으로 다가왔던 것처럼.

생각해봐.

누군가를 만났는데 아쉬움이 없는 거야.

아쉬움이 없으면 다시 만나고 싶다는 생각도,

다음 만남에 대한 기대도 생기지 않아.

혹시 지금 만나는 사람이 있는데,

헤어질 때 아쉽지 않고

다음 만남에 대한 기대조차 없다면

그 관계는 거기서 끝인 거야.

궁금한 것이 많아요

난 그대가 궁금해요.
좋아하는 색은 무엇이고,
행복했던 순간은 언제였는지.
또 해보고 싶었던 것은 무엇이고,
지금은 어떤 꿈을 꾸고 있는지.

난 당신을 알아가고 싶어요.
좋아하는 것을 알게 되면 해주고 싶고,
싫어하는 행동은 하지 않을 거예요.
당신이 꿈에 대해 말해준다면
이뤄질 수 있도록 곁에서 힘이 되어주고 싶어요.

이런 마음인데,

조금은 내게 친절할 수 없나요?

그
말
한
마
디
면

사실 우리는 늘 누군가를 보고 싶어 한다.
지금 이 순간도.

'보고 싶다고 말해주면 좋겠어.
그럼 바로 네게로 달려갈 텐데.'

오늘 하루 중 가장 좋았던 순간은 언제야?

좋아하는 사람에게 보고 싶다는 연락이 왔을 때.

급하지도 느리지도 않은 걸음으로
다가가고 싶다

때가 되면 서서히 같은 색으로 물들어가는 단풍을 보며
우리도 그렇게 서로에게 물들었으면 좋겠다고 생각했다.
서로 호감이 있다는 사실은 이미 알고 있었지만 너는 조
심스러웠다. 사랑에 행복하기보다 쉽게 바래진 사랑에 가
슴 아팠던 시간을 지나온 너였으니까. 이젠 서로의 곁에
서 나는 너의 색으로, 너는 나의 색으로 깊게 물들면 좋
겠다.

'너의 속도에 맞춰 다가가고 싶어. 너무 급하지도, 느리
지도 않게.'

인연의 끈

그 여자_

운명적인 상대나 만남이 있기는 한 걸까.

그 남자_

한 번 믿어보는 건 어때?
있으면 좋고, 아니면 말고.

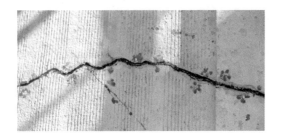

다른 누구도 아닌

많은 사람이 필요한 게 아냐.
딱 한 사람, 네가 필요할 뿐인데.
이런 내 마음을 너는 왜 알아주지 않는 걸까.

'더 이상 방황하고 싶지 않아.
진심으로 나를 위해줄 한 사람을
곁에 두고 싶어.'

바람

창문을 열면 네가 내게로 불어오면 좋을 텐데.

우리는 사랑일까.
지나가는 바람일까.

취하고 싶은 밤,

너를 생각하는 것만으로도 술이 참 달다.

솔직함에 대하여

사랑하는 사이에 감정을 너무 그대로 드러내도
표현을 너무 자주 해도 안 좋은 것 같아.

적당히 덜어낼 건 덜어내고 표현해야
상대방도 적당히 받아들이지.

'밥 먹자'는 흔한 말

그 흔한 '밥 먹자'는 말도 네 앞에서는 조심스럽다.
이미 완성된 마음속 문장조차 내뱉지 못하는
나 자신이 한심해진다.

어쩔 수 없다. 어긋나 멀어지느니,
혼자 앓으며 지금처럼 곁에 머무는 것이 마음 편하니까.

짝사랑은 앓음과 좋음의 반복 상태.

연애의 온도

사랑은 눈과 같네요.

많을수록 마음은 쌓여가고
온도를 유지하지 않으면
언젠가 녹아내리는.

관
계
의

외
로
움

언제부터 외로움이라는 감정을 느끼게 되었을까.

관계의 시작부터였을까.

'널 생각하는 시간이 길어질수록

내 마음속 빈 공간은 커져만 갔다.'

마음이 엇갈리다

우리는 누군가가 나를 좋아해주길 바라면서도
그 사람이 자신이 원하는 사람이 아닐 때는,
두려움이나 실망스러운 감정을 느끼곤 한다.

타생지연

'앞으로 만나게 될 당신을 아직은 때가 아닌 듯
무심히 지나쳤던 걸지도 모르겠다.'

생각해보면 우연한 만남은 없는 건지도 모르겠어요.
예측할 수 없을 뿐이지 만남은 정해져 있을지도 모른다는
그런 생각이 들어요.
그렇다면 당신과의 만남도 정해져 있지 않을까요.
언젠가는, 어떤 식으로든, 다 만나게 되지 않을까요.

그러길 바라요.

꽃

우린 모두 꽃이야.

꺾으려 하지 말고 가만히 따뜻한 눈으로 바라봐줘.

그럼 난 지금처럼 아름다울 수 있어.

사소한 이유

나를 생각하고 배려해주는 사소한 행동이 처음에는 잘 몰랐던 누군가를 다시 돌아보게 하고 좋아하게 만들었다. 감정이 생기는 것은 사소한 이유에서 시작된다. 그러므로, 사랑은 크고 대단한 것이라는 환상에 빠져 작은 것을 놓치고 있는 건 아닌지 생각해볼 필요가 있다.

설명할 수 없는

어떤 말로 표현하면 좋을까.

나의 눈길을 끄는 너의 천진난만한 표정과 몸짓을.

가끔 그 모든 것이 내게만 향하는 것인지,

다른 사람에게도 원래 그러는 것인지 궁금할 때가 있다.

나만의 착각이 아니라면 좋을 텐데.

나에게만 향하는 것이길.

그 사람은 다른 사람에게도 친절해서
그런 그의 행동이 내게만 향하는 것인지
잘 모르겠어.

풍경 속에서

난 당신이 머무른 곳의 풍경이 되고 싶지 않아요.
당신과 함께 주연이 되고 싶은데,
지금은 멀리서 주인공을 바라보는 조연일 뿐이네요.

너
에
게

고
맙
다

좋아해.

다른 사람 곁에서 많이 힘들었잖아.

이제 그만 아파하고 내 곁에서 행복하자.

네가 힘들 때나 즐거울 때 먼저 생각나고

그 감정을 나누고 싶은 사람이 나였으면 좋겠어.

사랑받고 있다는 게 이런 거였구나.

예전에는 느껴보지 못한 감정이었는데.

이렇게 나를 아껴주고 행복하게 해주는

너에게 고맙다.

네가 머물던 밤에

다짐

당신과 사랑을 하게 된다면 나 자신에게 당부하고 싶은
세 가지가 있어요.

첫째, 당신을 다 알았다고 착각하지 말 것.
둘째, 당신의 사랑이 당연하다고 단정 짓지 말 것.
셋째, 우리의 사랑을 다른 누군가와 비교하지 말 것.

너의 이름을 불렀다

나를 향하는 예쁜 얼굴이 보고 싶고
사랑스러운 목소리를 듣고 싶어서.

너의 새벽

그 남자_

너의 새벽을 내가 채워도 될까.
나의 모든 밤과 새벽을 네게 줄게.

그 여자_

나의 외로움과 너의 외로움이 만나 서로를 가득 채우길.
그래서 서로에게 더욱 간절한 사랑이 되길.

변화의 이유

스스로 마음먹고 무언가를 바꾸는 것도 어려운데

당신을 만나고 어울리는 사람으로

바꾸려고 노력하는 나를 보면 참 신기해요.

당신도 내게 어울리는 사람이 되기 위해 노력하더군요.

사랑은 그런가 봐요.

나를 바꾸기도 하지만

상대를 바꾸기도 하는, 묘한 무언가.

겨울 나무

앙상한 가지만 남은 모습 그대로 너에게 다가가고 싶다.
화려하게 꾸며진 겉모습은 모두 벗겨진 채로.

이런 나를 받아준다면
너의 사랑으로 싹을 틔우고 꽃을 피우고 싶다.
아름다운 나무가 되어 너를 위한 쉼터로 살아가고 싶다.

힘들고 괜찮지 않을 때 내가 알고 있을게요.
그리고 곁에 있어 줄게요.

그냥, 내 마음이 그래요.

설레고 좋고.

달이 머무는 밤

밤이 오자, 달이 떴다.
그냥 그렇게 너도 내게 왔다.

우리의 밤이야.
다른 건 모두 사라졌고
난 네 곁에서 따뜻하고 안락하지.

비 오는 날

유난히 비 오는 날을 좋아했던 너는,
비가 오면 어김없이 창문 앞에 앉아
빗소리에, 그 순간에, 집중했잖아.
가끔은 음악 플레이리스트에 있던
'아프로디노-빗소리'를 들으며
멜로디를 흥얼거리기도 했지.

그 순간에 스며들어
행복하게 변해가는 너의 표정이
난 좋았어. 예쁘기도 했지.

곁에서

내가 알지 못하는 과거의 기억이 불쑥 떠올라
너에게 상실감을 안길 때, 나는 너를 위로할 수 없었다.
내가 겪지 않은 것을 이해할 수 없기에
그저 곁에서 바라볼 뿐이었다.

이해의 범위를 넘어선 것을 억지로 이해하려 하고
위로하려 하는 것이 오히려 너의 상실감을
더할 수도 있겠다는 생각이 들었다.

그런 내게 너는
가만히 곁에 있는 것만으로도
위로가 되었다며 나를 끌어안았다.

너는 문득
이렇게 말했다

그 여자_

감정에 잘 휩쓸리는 내가 싫어져.
이런 나를 네가 계속 좋아할 수 있을까.

그 남자_

나는 그런 너라도 좋아,
너의 그 감정까지 내겐 소중해.

넌 나의 행복이자
모든 우울의 원인이지.

말끝

너의 말끝에는 항상 나를 향한 애정이 담겨 있어.

통화를 하거나 소소한 이야기를 할 때,

굳이 '사랑해'라고 말하지 않아도

나를 사랑하고 있는 게 느껴져.

사랑에 대하여

사랑이 마냥 행복하기만 한 건 아닐 거야.
알지 못했던 부분을 알게 되어 실망하기도 하고
사소한 일로 오해가 생기기도,
갈등도 겪고 상처를 주고받을 때도 있을 거야.
그런데도 그 사람이라서 감당할 수 있고,
함께 미래를 그려보고 싶은 마음이 든다면
최선을 다해 사랑하자.

'그래, 다른 누구도 아닌 당신이라서
그런 미래를 함께 그려나가고 싶은 거야.'

괜찮은 척하지 않아도 돼

그 여자_

기분이 수시로 변하고 나를 지금보다
좀 더 사랑해줬으면 하는 그런 생각이 들어.
하루에도 기분은 수십 번씩 변하고
사랑과 애정을 듬뿍 받고 싶어 하지.

그 남자_

괜찮아, 그저 감정의 변화가 많을 뿐이고
그게 나쁜 건 아냐. 나는 너의 우울함과 외로움을 사랑해.
그러니까 괜찮은 척하지 않아도 돼.

너의 최선

아무리 사랑하는 사람이라도
그 사람의 기대를 항상 충족시켜 줄 수는 없어.
중요한 건 네가 그 사람을 위해서
언제나 최선을 다하고 있다는 거야.

웃는 얼굴

요즘 들어 뜻대로 되지 않는 것들이 많아
무표정한 날이 많았던 당신.
오늘, 환하게 웃는 얼굴을 봤어요.
그게 얼마나 예쁘고 행복해 보이던지.

당신이 믿는 것처럼,
언젠가 마음을 괴롭혔던 힘든 일들이
알고 보니 나를 향한 선물이었다며
진심으로 밝게 웃는 날이 오길 바라요.

다 잘 될 거예요.
내가 응원할게요.

추억이 되지 말아줘.

지금처럼 보고 싶을 때 볼 수 있고

연락하고 싶을 때 연락할 수 있게

손이 닿을 거리에 존재해줘.

'추억이 된 시간은 흘러가.

닿을 수 없는 저 먼 곳으로.'

순간적인 것들

사랑은 다 순간적인 거야.

지나고 보면 그랬던 감정만 남아 있을 뿐이지.

하지만 짙은 새벽이 오면 난 또 널 생각해.

그러다 항상 잠이 들지만.

그 사람은 항상 만날 때마다 뜨겁게 날 안아줘.

계절의 변화를 느낄 틈도 없이

일 년이라는 시간이 지나갔지.

나의 계절은 그를 만나 한결같아.

아
쉬
운

것

오늘의 만남이 짧은 것,
지나가는 시간을 붙잡을 수 없는 것,
함께한 기억이 희미해지는 것,
세상은 온통 아쉬운 것 투성이야.

확신

그 사람이 나를 사랑하고 있다는 확신은
거짓이 느껴지지 않는 말과 확신을 주는 행동,
언제나 약속을 지키려 노력하는 모습 등
전부에서 온다고 생각해.

닮은 얼굴

사랑하면 닮는다면서요?
그게 내가 원하던 거예요.
당신을 닮아가고, 물들어가고,
우리가 하나가 되는 거 말이죠.

당연한 오늘

어김없이 아침이 왔어요.

당연한 오늘이라 생각하지 말고 감사하게.

당연한 당신이라 생각하지 말고 소중하게.

좋은 인연

서로 다른 너와 내가 만나면
다르다는 이유로 비난하거나 상처 주지 말자.

나는 너에게, 너는 나에게,
같이 살아갈 이 세상 속에서
아름답고 사랑스러운 존재로
서로의 마음 한 곳에 기억되는
좋은 인연이 되자.

너의 세계

나는 미지 속 너의 우주로 들어가기로 했다.
알 수 없는, 알지 못하는 것들로 가득한 곳.
이제 그곳을 탐험하며 알지 못했던 것들을 알아가고,
너의 일부가 되어 너라는 우주 속 별이 되기로 했다.

넌 나의 환상, 닿을 수 없는 존재.

너를 안고 있는 게 내겐 위로야.

너
라
는

위
로

함께라는 건 좋은 거예요.

서로가 서로에게 기댈 수 있고

서로를 안아줄 수 있다는 거잖아요.

가끔 모든 게 부질없고

공허한 느낌이 들 때가 있어.

그럴 때 가만히 곁에서 나를

토닥여주는 너의 손길에 얼마나 위로를 받는지.

많이 불안한 나에게 한없이 친절한, 따뜻한 사람.

사랑의 이유

서울로 가는 버스 안, 가로등을 지나칠 때마다 감은 두 눈 사이로 빛들이 들어왔다 나가기를 반복했어요. 무언가를 생각하기 참 좋은 시간인 것 같아 사랑에 빠졌던 순간들을 떠올려봤어요.

웃을 때 보조개가 유난히 폭 파이던, 조용히 창가를 응시하는 모습이 사랑스러웠던, 묶은 머리가 참 잘 어울렸던, 쌍꺼풀 없는 눈이 순해 보이던, 술 몇 잔에 얼굴이 빨개지던, 꿈을 이루기 위해 노력하는 모습이 예뻐 곁에서 응원해주고 싶었던, 교정한 치아를 가리며 수줍게 웃던….

여러 가지 이유가 있더군요.

그런데 내게 사랑에 빠졌던 당신은,
나의 어떤 모습에 반했던 걸까요.

궁금해지네요.

낭
만
적
인　순
　　간

이 멋진 순간을 너와 함께할 수 있어 감사해.

그 시절 모든 추억엔 내가 스며 있을 거야.
그때의 너,　곁에 있는 나.

네가 곁에 있으니 세상 모든 밤과 낮,
거리의 풍경들이 내겐 낭만적이다.

서로 같아지는 법

너와 나의 서로 다른 온기를 나누어 같아지는 게 좋았어.
손을 잡거나, 안아주면서.

조금씩 천천히

"안개꽃이 좋아"라고 그녀가 말하던 게 생각나서
꽃집에 들러 분홍빛 안개꽃 한 다발을 샀다.
그녀가 행복해할 모습을 생각하니 웃음이 난다.

고요하고 조용하게
너의 마음에 조금씩 스며들고 싶다.
그래서 나를 떠올리는 일이 잦아졌으면 좋겠다.

Replay

그 남자_

너와 걸으며 나눴던 대화, 풍경들이 소중해서
자기 전에 기억들을 반복 재생했어.

그 여자_

함께 걸으면서 봤던 모든 것이 좋았어.
그게 너라서 더욱.

… 그랬었는데

앞으로는 우리, 사랑할 때 너무 많은 것을
생각하지 말고 사랑만 하자.
너무 많은 것을 재고 생각하느라 나는 너를 놓쳤으니까.
난 너라면 하루가 행복했었는데 말이야.

흔적

사랑의 흔적은 곳곳에 스며들어 있어.
길을 걷다가 문득 네가 생각나는 이유지.

나는 언제나 기억이 스며 있는 것들에 의미를 부여한다.
너는 내게 어떤 의미가 있는 사람일까?
마음 깊숙이 스며들어 지울 수 없는
흔적이 된 사람.

너와 걸은 길,

너의 향기,

너와 함께한 계절….

마지막 이별

우리에게도 이별의 순간은 찾아올 거야.
그 이별이 평생을 함께하다 삶이 끝났을 때 하는
그런 이별이면 좋겠어.

상상

너의 체온이 내게 닿았을 때,
창으로 들어오는 햇살 같았어.
그때 서로의 모든 것이 녹아내려
하나가 되는 상상을 했지.

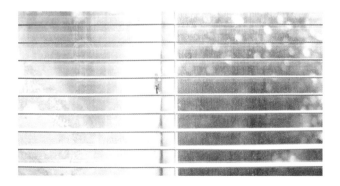

불안

보는 것만으로 충분하지 않아서 손을 잡아
수시로 내 곁에 있는 너의 존재를 확인했어.

"곁에 있어, 어디 가지 말고."

우연히 만난 당신이 내게로 와

모든 감각을 마비시켰을 때

나는 운명적 사랑은 이렇게 오는구나 생각했다.

"좋아해. 내게 느껴지는 너의 모든 감각과

사랑이 담긴 눈빛, 말, 행동들을.

이 모든 것이 나를 향하고 있으니까."

따뜻하게

나는 당신이 완벽하지 않다는 걸 알아요.
그러니 애써 괜찮은 척하지 않아도 돼요.
그냥 '정말 힘들었어'라고 말해주세요.
따뜻하게, 조용히 안아줄게요.

다정한 안부

낮과 밤이 교차하는 시간에
오늘 하루 어땠냐는 너의 안부 전화는
내겐 위로였어.

자주 내 생각을 한다고 말했었잖아.
그 말, 어떤 말보다 좋았어.
그 말을 한 사람이 너라서 더욱.

꽃
이

피
자,

봄
이

왔
다

그대가 내 마음에 꽃을 피워
사계절이 온통 따뜻한 봄이다.

그 봄 속을 당신의 손을 잡고 걷고 싶다.
그 길이 어디든 낭만일 테니.

각자의 언어

각자의 언어로 애정을 표현하는 연인들을 봐봐.

서로를 얼마나 사랑하는지

서로가 서로에게 얼마나 소중한지

말로 표현하지 않아도 충분히 느낄 수 있잖아.

사랑을 느끼게 하는 것들

생각해보면 사랑할 것들이 참 많아.

지나가는 모든 것,
아름답다고 느낄 수 있는 감정,
우리가 나눈 소소한 대화,
함께 바라보는 거리의 풍경.

다시 돌아오지 않을, 이 순간.

오늘의 날씨

송사탕 같은 구름의 질감과 적당한 온도의 바람.
닿을 듯 말 듯 스치는 너의 손과 은은하게 퍼지는 향기.
불규칙하게 뛰는 심장박동과 너의 눈에 비친 하늘빛.

그래, 그런 오늘.
너를 사랑한다고 말하기에 참 좋은 날씨야.
사랑해. 오늘의 따뜻함과 행복을 담아서.

아직 우리에겐
사랑의 시간이 남아 있어

너의 잔상

그 남자_

저기 달의 잔상이 보여?
네가 떠나도 내 마음속에
넌 저렇게 남아 있을 거야.

그 여자_

가끔 아낌없이 사랑받았던 내 모습이 그리워질 거야.
네 곁에 있던 나는 빛났었으니까.

왜?

당신이 소중한 만큼 나도 소중한 사람인데
왜 나를 소중하게 생각하지 않는 거죠?
세상 누구보다 아껴줄 것처럼 그랬으면서.

가시

'우리도 서로에게 상처만 남기고 끝나는 걸까.'

항상 따뜻했던 네가 가시 돋친 말들을 내뱉었을 때,
얼마나 아프게 박혀오던지.
상처받지 않기 위해 나 또한 네게 같은 말을 했을 때,
관계의 결말은 끝을 향해 치달았다.

사랑의 방법

적당히란 어느 정도일까.

누군가에게는 부족하게 느껴지고
누군가에게는 과하게 느껴지는.

어쩌면 사랑에서 배려란
서로의 사랑 방식에 적응하는 것이 아닐까.

적막이 찾아오는 시간

새벽의 적막과 함께 모든 것에 대한 무의미함을 느낀다.

가끔씩 알 수 없는 외로움이 찾아올 때가 있어.
어떤 것도 위로가 되지 않고
어떤 것도 나를 채워줄 수 없다고 느껴.

변명

시간이 없었다고?

변명하지 마.

너는 단지 하루 스물네 시간 중

나를 위한 시간을 두지 않았던 거야.

시작과 끝

연애는 서로 비슷한 점이 많다는 전제에서 시작하여
그렇지 못한 점을 발견했을 때 어긋나기 시작한다.
그리고 너무 다르다는 이유로 마침표를 찍는다.

"넌 그의 단편적인 면을 보고 사랑에 빠졌고

또 다른 단편적인 면에 실망했을 뿐이야.

처음부터 그 사람 자체를 보려고 하지 않았잖아."

있는 그대로

날 바꾸려고 하지 마.
있는 그대로 봐줄 수는 없어?
넌 나를 네가 원하는 사람으로 만들려고 하잖아.
그건 사랑이 아니야.

있는 그대로의 내 모습을 사랑해줘.

뒤늦은 후회

지나가기 전에 잘할 생각을 해.

그때 이랬으면 좋았을 걸 하며 후회하지 말고.

연결되었다가 쉽게 끊어지는 관계의 끈이란.

틀리지 않는 예감

지금 정말 슬픈 게 뭔지 알아?
너에게 난 없어도 되는 존재라는 거.
나도 모르게 자꾸 그런 생각이 들어.

나는 네 마음에 없는 존재.

더 이상

더 이상 상처받고 싶지 않은데,

왜 만나는 사람마다 내게 상처를 남기는 걸까.

너를 향한 마음이 거짓이 아닌 진실된 사람이

네겐 필요해.

서툰 관계

그 여자_

우리는 관계에 서툴잖아, 실수하기도 하고.

그 남자_

완벽하지 않으니까 인간적이잖아.

그 과정에서 배우는 거지.

내
게

필
요
한

것

내가 하는 말을 들어주고 공감해줘.

해결책을 제시하려 하지 말고.

그거면 충분해.

끝나버린 관계는
긴 그리움을 남기고

아무것도 아닌 사이가 되는 건 참 쉽다.
지금까지 나눴던 무수한 대화와 감정,
묵묵한 노력들은 허무함으로 남겨졌고,

이제 너로 인해 존재하던 모든 의미는 사라졌다.
잔잔하게 불어오다 어느새 사라져버린,
내게 남은 너의 모든 것.

오늘 밤엔 당신에 대한 그리움이
방안의 어둠처럼 가득할 것 같아.

권태

처음 그를 만났을 때 너는 호기심이 가득한 눈빛이었잖아.

지금의 너는 더 이상 알고 싶은 것이 없다는 듯

굳어진 생각과 무기력한 시선으로 그를 바라보고 있어.

그것이 지금 네가 느끼는 권태를 만든 건 아닐까 싶어.

악순환

진심은 저 너머에 숨겨져 있고
알 수 없는 너의 마음을
혼자서 추측해볼 뿐이다

빗나간 생각은 오해를 만들고
관계를 악화시켰다.

점점 더 조심스러워진 나는,
멀어지는 게 두려워
혼자만의 방에 갇힌 채
깊은 어둠으로 숨을 뿐이다.

너에게도 행복한 순간은 있었을 거야.
그런데도 넌 우울한 일만 가득하다고 생각하지.
그건 네가 행복이 찾아올 때보다 우울이 찾아올 때
그 끈을 오래 쥐고 있었기 때문이야.

나의 불안과 외로움

그 여자_

당신의 곁에서 난 외로움을 느껴요.

우리 이대로 괜찮은 걸까요.

그 남자_

상처인 줄 알면서 널 떠나지 못하는 건

나의 불안과 외로움이 너의 존재에 의존하고 있기

때문일지도.

마음을 내려놓을 줄도 알아야 해.

무조건 담아둔다고 해서 상대에게 전해지는 것도 아닌 걸.

어쩌면 부담이 될 수도 있잖아.

어려운 거야, 감정이란 건.

그때까지 너를
기다리기로 했다

애써 마음을 열고 사랑을 시작한 네가 새로운 사랑에 상처받아 다시 마음을 굳게 닫아버렸다. "나는 사랑받을 자격이 없나 봐"라는 말로 너의 문제로 단정 지어버렸을 때 "그 사람이 아니었을 뿐이야"라고 말해주고 싶었지만, 하지 않았다.

지금 상황에서 건네는 수많은 말은 어차피 너를 위로해줄 수 없다는 것을 알기 때문이었다. 그냥 묵묵히 너의 이야기를 들으며 술잔을 기울이고 같이 마셔줄 뿐이었다. 헤어지고 돌아서는 너의 뒷모습에서 깊은 우울과 좌절에 빠질 네가 보였다.

'우리는 왜 상처 주고 상처받게 되는 걸까. 나를 진심으로 사랑하면서, 존중해주는 사람을 만나는 게 왜 이렇게 힘든 걸까.'

언젠가 너의 마음을 두드리는 사람은 상처보단 사랑을 많이 주는 사람이었으면 좋겠다. 그런 사람을 만나 네가 더는 사랑받을 자격이 없다는 말을 내뱉지 않았으면 좋겠다. 대신 "내 문제가 아니었어. 나는 사랑받을 자격이 있는 사람이었어"라는 말을 하며 웃는 날이 오면 좋겠다.

겉과 속

요즘 들어 걱정이 많아.
마음속엔 항상 소용돌이가 몰아치고 있지.
겉으로 드러나지 않을 뿐, 괜찮은 척할 뿐.

요동치는 마음도 언젠가는 잔잔해질 거야.

기다리는 사람

난 왜 항상 기다리는 입장인 걸까.
오늘도 기다렸는데, 오지 않았어.

늘 사랑을 갈구하고, 사랑하고, 이별하고,
또다시 사랑을 갈구하고.
항상 이런 식이었다.

관계의 양면성

모든 관계는 양면성을 지니고 있어.
행복을 주기도 하지만 상처를 주기도 하지.

한때 너의 사랑 안에는 나의 행복이 있었지.
너의 사랑을 벗어난 지금,
그 관계에는 상처만 남아 있을 뿐이야.

낯선 느낌

'관계의 쓸쓸함을 언제 느껴봤어?'

너무나 잘 안다고 생각했던 그가,

시간이 지나면서 어색하고 낯설게 느껴질 때,

끝이 다가온다는 예감이 든다.

이미 어긋나버린

어긋나버린 관계에 대한 후회는

되돌릴 수 없을 때 한 번,

이미 늦어버렸을 때 두 번,

할 수 있는 게 아무것도 없을 때 세 번.

진
심

우린 서로의 곁에서 빛나는 추억이 되었네요.
그 빛들이 지금은 희미해졌다 해도.

이제와서 당신과의 해피엔딩을 꿈꾸기엔
내가 너무 부족해서 이런 나의 진심을 말하고 싶진 않아요.
진심을 숨기는 것도 그대와 나에겐 나름 해피엔딩이네요.

마지막 인사

우리 이제,

사랑이라는 꿈에서 깨어도 슬퍼하지 말자.

잊지 못할 꿈이었다고 생각하자.

나에게 너와의 만남은 잊지 못할 꿈이었어.

마지막으로 한 번만 안아보자.

그리고 십 분만 이렇게 있자.

트라우마

지나간 사람들은 마음에 잔존해 있어.
그들은 행복, 불안, 트라우마라는 이름으로 떠올라서
가끔씩 안정된 마음을 어지럽히곤 하지.

지나간 아픈 기억은 모두 사라지고
좋은 기억만 마음에 남았으면 좋겠어.

너를 모르겠다

어디부터 어디까지가 진심이었는지 알 수 없다.
넌 항상 친절하지만 적당한 거리를 두고
나를 대했으니까.

"너라는 사람을 모르겠어.
 가까워졌나 싶다가도 다시 멀게 느껴져."

새벽 달빛

새벽빛과 함께 찾아온 울적함과 외로움이
마음을 통째로 흔들고 조각내기 시작해요.
생각의 파편들은 분노와 미움, 괴로움을 만들어내더군요.
언제쯤 그 고통의 반복에서 자유로울 수 있을까요.
당신을 내려놓으면 그렇게 될까요.
그게 더 괴로운 건 왜일까요.

하고 싶은 말은 많지만,
남은 말은 어둠 속에 묻어둘게요.

이번엔 다를 줄 알았다

넌 헤어지자는 말이 그렇게 쉬워?
사랑한다는 말은 그렇게 무거웠으면서.

나를 위한 일

사랑을 할수록 비참해지는 나를 발견해.
덕분에 나의 자존감은 바닥에 떨어졌고,
여기서 그만둬야 하지 않을까 생각해. 나를 위해서.
더 이상 달콤한 말로 붙잡지 않았으면.

참아서는 안 되는 것도 있고
아무리 견뎌도 익숙해지지 않는
아픔도 있는 거야.
이제 그만두는 게 어때?
많이 행복해야 할 너의 사랑은
슬픔과 외로움으로 가득하잖아.
가끔은 자신을 위해서
그만둬야 할 때도 있는 거야.

냉
기

우리의 관계를 유지하던 온도가 달라졌다는 것을 깨닫기까지 오랜 시간이 걸리지 않았다. 오늘은 어제와는 다른 온도였다. 냉기가 흘렀고 서로에 대한 관심이 식어가고 있다는 것을 너의 말투에서 느낄 수 있었다. 우리의 거리가 멀어졌다는 걸 증명하듯 자주 오가던 문자가 점차 뜸해지더니 아예 오지 않았다. 올라갔던 온도는 유지하지 못하면 뚝 떨어지기 마련이다. 이제 몰랐던 사람처럼 흐르는 시간에 의해 서로의 기억 속에 묻히게 될 것이다. 다른 누군가와의 관계도 그랬듯이.

외로움에 대하여

그 남자_

곁에 사람이 있어도, 없어도, 외로움은 찾아와.
무엇이 외로움을 느끼게 하는 걸까.

그 여자_

네 안에 내재되어 있는 외로움의 농도는
희미해졌다가 짙어지기를 반복할 뿐이야.

대화

너는 그 사람이 너무 좋고 마음을 숨기기 힘든데,
상대는 그렇지 않은 것 같아 서운해?

혼자 앓지 말고 그에게 한번 말해보는 건 어때?
서로 사랑 방식이 다르니 그럴 수도 있잖아.
연애는 서로 다른 너와 내가 만난 거잖아.
그러니까 대화를 통해 맞춰가야지.

이미 늦어버린

완전히 떠나기 전에 말해주기를 바랬어요.
침묵은 대답이 되지 못하니까요.

그러지 않았으면 좋겠어

너무 조급하게 생각하지 말고,

자신을 다그치지 않았으면 좋겠어.

내가 알고 있어, 너 최선을 다하고 있는 거.

불안의 크기

적당한 질투는 괜찮지만,
지나친 질투를 하게 만들지는 말아요.

질투는 불안을 안고 있고,
커진 불안은 결국, 당신을 숨 막히게 해
우리 모두를 질식시켜버릴 테니까요.

나를 불안하게 하는 것.

부재중 내역,

바빠진 너의 일상,

느려진 답장,

그리고 예전엔 느끼지 못했던 낯선 감정과 시선.

함부로

진심이 아니라는 거 알아.

그래도 마음에 없는 말로 상처 주지는 말자.

함부로 뱉은 말들이

고스란히 깊은 상처로 남아

서로를 힘들게 할 테니까.

이별 준비

말투에서 느껴져.

멀어지려고 하는 너의 진심이.

사랑을 하면 할수록 나를 대하는 너의 태도가

처음과는 다르게 느껴진다.

시간이 지날수록 서운함은 커져가고,

거리는 멀어져간다.

처음과 다른 안녕을 말해야 할지도.

갈증

사랑도 그래.
부족함이 채워질수록
만족의 범위는 어느새 더 넓어져 있어.
우리는 또다시 부족함을 느끼고
더 많은 것을 갈구하게 되겠지.

사랑의 유효기간

진실은 예전과 같지 않은 마음과
그 사람에 대한 의무감, 책임감, 미안함만 남았다는 거.
너 없이는 안 될 것 같다는 말 때문에
사랑을 이어가는 것은 아닌 거 같아.
언젠가 너도 깨닫게 되겠지만.

그 사람, 너 없이도 잘 살아왔고 잘 살아갈 거야.

답답한 마음에

시간이 지날수록 마음이 건조해져.

가끔 단비가 내렸으면 좋겠다고 생각해.

이대로 바스러지기 전에 찾아오길 바라, 네가.

우리,
이
제

안녕, 같은 곳에서 우린.
안녕, 다른 곳에서 이젠.

만날 때 했던 그 말은
다른 의미가 되어
이별을 말한다.

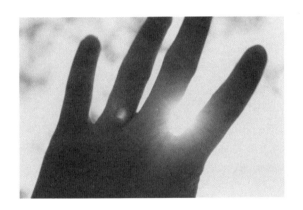

순간이었다.

'사랑해'에서 '사랑했었다'로 문장이 변하는 것은.

누구나 슬픔의 별을
안고 살아간다

쌓여버린 마음

참 많이도 쌓였네요.
힘들겠지만 잘할 수 있겠죠.
당신을 털어내는 일.

그게 이별이니까

그 남자_

어째서 너는 내가 괜찮을 거라고 생각했던 걸까.
나도 괜찮지 않은데, 마음이 무너져내릴 것만 같은데.

그 여자_

당신은 당신 나름대로,
나는 나 나름대로 상처가 됐고 아픔이 됐겠죠.
그게 이별이니까.

네가 떠난 뒤에

혼자 있어 보니 알겠더라.
함께 있을 때의 소중함을
내가 잊고 있었다는 것을 말이야.

늦게 깨닫고 후회하는 것만큼 바보 같은 건 없겠지.

미련

지나간 사랑의 추억은, 잊고 싶거나 잊고 싶지 않거나.

부디 잘 지내지 말아줘.
가끔은 내 생각에 후회도 해주고,
되돌릴 수 없을까 미련도 가져주고.

시작이 달랐다

우린 사랑을 시작하고 멈추는 타이밍이 너무 달랐어.
네가 시작했을 때 난 이미 끝났었으니까.
나는 타이밍이라고 생각했는데,
상대는 아닐 수도 있으니까.

사랑은 타이밍이라는 말은
서로의 타이밍이 맞아야 할 때를 가리키나 보다.

또다시

우리는 어떤 일을 경험하면서 내성이 생기거나 단단해진다. 그렇게 성장을 한다. 첫 헤어짐을 경험하면서 나는 이별에 대한 내성이 생긴 줄 알았다. 그러나 다음 이별을 맞이했을 때 또다시 무너져내리는 나를 발견했다.

이별 앞에서 우리는 한 떨기의 꽃잎처럼 위태로우며 쉽게 조각나버린다.

쉽게 말하지 마세요

나는 불안한 사람이에요. 겉으로 보기엔 다들 괜찮아 보이고 강해 보인다 말하죠. 아니요, 나도 괜찮지 않고 약해요. 참고 또 참을 뿐이죠. 혹시 누군가 힘들다고 말할 때 너무 쉽게 "너만 힘든 거 아니야"라고 말하지 마세요. 상대방의 힘듦을 내가 겪은 힘듦과 비교하지 말아요. 사람마다 느끼는 삶의 무게는 다르니까요.

위로가 필요하다는 말의 뜻

위로받고 싶다는 말은
아무에게나 위로를 받고 싶다는 말이 아니었어요.
위로해주는 사람이 '그대'였으면 좋겠다는
함축적인 의미가 담겨있는 말이었죠.

사실 지금의 내겐 이야기를 들어줄 사람보다는
아무 말 없이 기댈 수 있는 사람이 필요해.

어른이 된다는 것

지금의 나는 예전과 많이 달라진 것 같아.
감정을 잘 감추고 혼자 앓는 시간이 많아졌거든.
감정을 드러내면 결국 상처로 되돌아오더라.
어른이 된다는 것은 이런 게 아닐까.

흐릿해진 진심

사랑한 마음은 순간의 진심이었지만, 그 진심도 시간이
흐름에 따라 바래져버렸네요.

많은 것이 변했고 우리는 이별했지만, 시간이 흘러가면서
더 많은 게 변하고 바뀔 거예요. 당신은 누군가의 아내가
될 것이고, 자식을 둔 엄마가 되겠죠. 나도 누군가의 남
편이 되어 자식을 둔 아빠가 될 거고요. 그렇게 기억 속
깊숙한 곳에서 오늘의 아픔은 흐릿해지고, 당신은 떠오르
지 않게 되겠죠.

'지금은 아파도 돋아난 상처는 결국 아물기 마련이야.'

달의

기억

"잊힐만하면 떠올라, 저 달처럼."

무심히 지나쳤던 수많은 사람과 순간 속에서
나 또한 누군가의 마음에 떠오르고 잊히고를 반복한다.

우리의 사랑은 달과 같았다.
점점 만월이 되어가는 달처럼 뜨겁게 차올랐다가,
다시 기울어가는 달처럼 희미해져버린 사랑.
우리의 사랑은 이미 희미해져버렸지만,
다른 누군가를 만나면
또다시 차오르는 사랑을 할 테지.
그때 함께 보았던 보름달처럼.

차
라
리

시간이 약이라는 말,

그건 시간이 흘렀을 때나 말할 수 있는 거야.

난 지금 아프고 힘들고 괴로워.

그 사람이 그립다면 많이 그리워해요.
보고 싶으면 보고 싶어해요.
더 이상 그립고 보고 싶지 않을 때까지.
그리움과 슬픔의 감정을 온전히 받아들여요.

그리움조차 좋은 추억으로 남을 테니.

하루의 끝

힘든 하루를 보내고
누군가에게 기대고 싶은데
이제 네가 없다는 것이 문득 떠올랐을 때,
그때 참 우울하더라.

참 잘한 것 같아요.

괜찮지 않을 거라고 믿었는데,

생각보다 잘 지내고 있어요.

당신에게 얽매이던 삶에서 벗어난 지금

무심코 지나쳤던 소중한 것들이 보이기 시작하네요.

멈추길 잘한 것 같아요, 암흑 같았던 당신과의 관계를.

습관처럼

가끔씩 조심스럽게 안부를 물어오던 당신.
언젠가부터 그런 연락조차 뜸해지더니
보내오지 않는 순간이 왔네요.
이제는 바뀐 프로필 사진으로만
간접적으로 소식을 알게 되었네요.

어디서든 잘 지내고 있죠?

밀물과 썰물처럼

아직도 가끔 생각나요.
감정은 밀물과 썰물처럼 오가고,
우리의 추억은 떠오르고 가라앉고를 반복해요.

생각하는 건 제 마음이니까 그래도 괜찮겠죠?
연락은 하지 않을 테니 걱정 말아요.

생각만 할게요.

아직 남겨진 것

내 몫을 남겨주셨네요.

그리워하는 것과
잊어내야 함을.

허
무

행복하자던 그 모든 다짐이 무색해지는 밤이었다.

너에게 했던 모든 말은 공기 중에 분해되어 하얗게 내렸다.

살결에 닿은 것은 따뜻함은 없고 차가움만 남아 있었다.

이렇게 될 운명이었다면 너를 향하던 단어와 문장에

그토록 많은 감정을 싣지는 않았을 텐데.

모든 것이 끝난 지금 허무함과 공허함뿐이다.

"미안하지만 너의 말이 위로가 되지 않는 밤이야.

그렇게 찾던 한 사람은 더 이상 여기에 없거든."

짧은 인사

이별엔 긴 말이 필요하지 않더군요.

"잘 지내."
"잘, 지내자."

시작된 그리움

우리의 시간은 멈췄고 천천히 눈이 내렸다.
이내 그리움이 눈처럼 쌓이기 시작했다.

안녕, 나의 그리움으로 남은 사람.

'눈이 오면 연락 한번 해줄래요?
잘 지내고 있다고, 가끔 생각이 났다고.'

아마도 모르겠지

넌 알지 못할 거야.
너를 잊어내고 씻어내기 위해

얼마나 많은 밤을
울고 화를 내며
나를 파괴해왔는지를.

그리고
그토록 깊은 외로움을
감당했는지 말이야.

잊어내는 방법

물들어가는 건 쉬운데
이미 물들어버린 것을 지워내는 건 참 어렵다.
나라는 존재를 아예 바꿔버릴 만큼
너로 날 물들였으면 계속 곁에 있지.
그렇게 가버리면 어쩌라는 건지.

메일함

내 메일함을 차지하고 있던 너와 나눈 편지들을 오늘에서
야 휴지통으로 옮겼다. 아직 비우지는 않았다. 생각보다
많은 양이었기에 모두 비우면 내 속도 함께 허해질 것 같
았다. 하나씩 읽어내려 가면서 그때의 소중함과 나를 향
했던 애정 어린 단어들을 마음에 담아봤다. 속이 아려왔
다. 추억을 회상한다는 것이 이렇게 마음 시리고 아픈 것
인지 그제야 깨달았다. 언젠가는 정말 비워야 할 순간이
올 텐데, 그땐 오늘 같은 감정 없이 비울 수 있기를.

어렴풋한 느낌

함께 있을 때 느꼈던 진한 행복과 견딜 수 없던 아픔은
네가 떠나고 어렴풋한 감정으로 남아 있어.

널 만나서 좋았었어. 비록 과거형이지만.

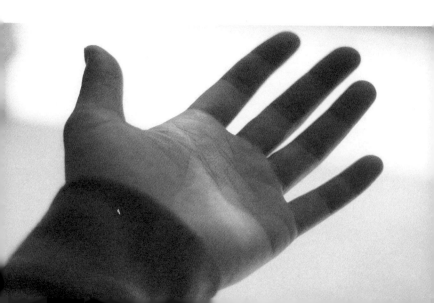

다시 따뜻해지겠죠.

서로 다른 사람 곁에서.

두려움

사람 관계 사이에서 오가는 무수한 감정들 말이야.

가끔 감당할 수 없을 만큼 두려울 때가 있어.

아무 일도 아닌데 나 자신을 자책하게 될 때 더 그래.

'내가 했던 모든 행동이 바보 같아서

나 자신이 싫어지는 그런 순간이 있어.

그럴 때면 너무 괴로워.'

너의 사진기 속에 담긴
내 모습을 보았다

난 너의 평범한 시선이 좋았다.
그 시선으로 담아내는 사진이 내겐 특별하게 느껴졌다.

언젠가 너는 사각의 틀 안에 나를 두며 찰칵 셔터를
누르고 까르르하며 특유의 웃음소리를 냈다.

네가 그리울 때마다
그때 남겨준 사진 속 내 모습을 본다.
카메라 앵글 안에 나를 담던 너의 모습과
셔터 누르는 소리, 웃음소리가
기억의 저편에서 인사하며 찾아오니까.

그런 날

그런 날이 있어요.
외로움은 불쑥 고개를 들고
당신의 따뜻함이 그리워지는.

네가 생각나는 밤이야.
난 아무것도 할 수 없어 무기력할 뿐.

미완성된 사랑

설렘으로 사랑이 시작된 순간부터
이별로 사랑이 끝나는 순간까지.
사랑은 헤어지면서 완성되는 걸까.
아니면 모든 사랑이 미완성으로 남는 걸까.

안녕, 나의 계절

내가 아닌 누군가에게 사랑받는 너를 볼 때면,
잠시라도 내가 너의 곁에 있었다는 사실에 감사해.

다가올 계절을 맞이하기 위해서는
지나간 계절에 널 두고 가야만 한다.

안녕, 나의 계절에 있던 사람.

잘
지
내
지
?

가끔 소식이 궁금해서 너의 인스타그램과 페이스북에 들어가곤 해. 웃는 얼굴을 보니 잘 지내는 것 같아. 움직이지 않는 사진 속에서 너의 마음과 생각을 전부 읽어낼 수는 없겠지만 말이야. 사진처럼 웃는 모습으로 잘 지냈으면 좋겠어.

너무 예뻐서 시들게 하고 싶지 않아서
내 모든 것을 쏟았지만,
이젠 마음 한 곳에 기억으로만 남은 사람.

너와 나눈 메시지를 보며

아직 지우지 않은 너와의 대화를 처음부터 천천히 읽어내려갔다. 무엇을 좋아하고 싫어하는지 서로에게 궁금한 게 많았던 초반의 대화를 보며 피식 웃었다. 만남 후에 달라지는 대화의 내용이 신기했다. 호감으로 시작하여 점점 애정이 녹아드는 대화의 과정들. 이때는 마음에 심었던 사랑의 씨앗이 싹을 틔운 시기인 것 같았다.

애정이 담긴 대화들은 끝이 보이지 않을 정도로 이어졌다. 그러나 어느 순간 어긋나기 시작하는 모습들이 보였다. 말의 길이는 짧아졌고 답장을 보내오는 시간의 길이는 길어졌다.

마지막 대화였던 "잘 지내"라는 문장으로 마침표를 찍은 부분에서 '어쩌다 우리가 이렇게 됐을까'라는 생각에 깊이 잠겼다.

더 이상 써내려갈 수 없이 '잘 지내'라는 말로 끝난 우리의 이야기라서.

모든 것이 끝난 뒤에

그 여자_

언젠가 한 번쯤은 연락이 오지 않을까?

그 남자_

그럴지도, 너무 기대는 하지 마.

괜찮아질 거야

마음껏 슬퍼하고, 아파하고, 미워하고,
그리워하고, 보고 싶어 하다 보면
덜 아프고, 덜 그립고, 덜 보고 싶은 순간이 찾아와.
그때까지는 그렇게 지내도 괜찮아.

너를 보내는 것이

아마도 그랬던 것 같다. 당신과 하지 못한 것들에 미련이 남아 아쉬워하고 그리워하고. 지나간 일이라 어쩔 수 없다고, 이젠 괜찮다며 나를 다독여보지만 끝내 아쉬움이 남는 건 어쩔 수 없나 보다. 이래서 주위에서 해볼 수 있는 건 모두 해보고 후회를 남기지 말라고 하나보다.

후회 없이 사랑하고 싶었는데, 후회를 남기는 사랑을 해서인지 시간이 지나도 여전히 아릿하다.

오랜만에 연락해온 너를 태연한 척 반겼다.

아직 잊지 못한 너와 다시 잘해볼 수 있을까 봐.

의
미

없
는

말

잠깐이면 스쳐 지나갈 너의 사소한 감정을 위해서
의미 없는 안부를 묻지 않아 줬으면 좋겠어.
너의 사소한 말 한마디에도 아직 내 마음은 흔들리니까.

마지막 문장

아무렇지 않은 듯, 원래 그랬다는 듯
관계의 마지막 장에는
'이별'이라는 단어가 적혔다.

우리가 이별했다는 사실보다는

아무렇지 않은 듯, 원래 그랬다는 듯,
함께했던 시간은 존재하지 않았던 것처럼,
서로의 자리로 돌아갈 것이라는 사실이 슬펐다.

언젠가는 우리가 만나 사랑을 했듯
결국엔 다른 누군가를 사랑하게 될 것을 안다.

아무렇지 않은 듯, 원래 그랬다는 듯.

언제가, 괜찮은 순간

당신이 아니면 안 되는 순간이 있었다. 로맨스 영화 속 주인공처럼 당신이 운명이라 생각했던 순간이 있었다. 그러나 시간이 흐르자 당신이 아니어도 괜찮은 순간이 찾아왔다. 당신보다 더 괜찮은 사람, 나를 더 아껴주는 사람이 첫눈처럼 찾아왔다. 그렇게 당신의 빈자리는 더 좋은 사람으로 채워져갔다.

보고 싶다

너를 보고 싶은 마음은

별이 되어 빛나고,

유성이 되어 떨어지고.

'보고 싶다는 말을 하기보다는

보고 싶다는 말을 듣고 싶은 밤이야.'

다시 어둠이 찾아오자 달이 떴다.

하지만 이번에는 아주 작고 희미한 빛이었다.

잠시 뒤 캄캄해진 하늘에 수많은 별들이 떠올랐다.

사랑의 감정은 흐릿해졌지만 기억은
여전히 이곳에 흔적으로 남아 있다는 듯이.

그런 게 '이−별'이라고.

이-별이라고 말하는 너에게

1판 1쇄 발행 2017년 12월 11일
1판 2쇄 발행 2018년 9월 6일

지은이 곰지

발행인 양원석 본부장 김순미 편집장 최두은 책임편집 최경민
디자인 RHK 디자인팀 남미현, 김미선 해외저작권 황지현 제작 문태일
영업마케팅 최창규, 김용환, 정주호, 양정길, 이은혜, 신우섭, 유가형,
          임도진, 김양석, 우정아, 정문희, 김유정

펴낸 곳 ㈜알에이치코리아
주소 서울시 금천구 가산디지털2로 53, 20층 (가산동, 한라시그마밸리)
편집문의 02-6443-8825 구입문의 02-6443-8838 홈페이지 http://rhk.co.kr
등록 2004년 1월 15일 제2-3726호

ISBN 978-89-255-6269-8 (03810)